KB141137

안녕, 나는 익명이고 너를 조아해

안녕,
나는 익명이고
너를 조아해

익명이 ● 라부 지음

우리는 모두 똑같은 익명이니까

Contents

01 ● 안녕, 나는 익명이야

012 익명이의 탄생
014 익명이라는 이름
022 익명이
024 익냥이와 고명이
025 양자택일
026 함께 있어도 혼자 있어도
027 머리가 간지러울 땐

02 ● 괜찮아, 잘하고 있어, 힘내

030 행복이란
031 단맛
032 6시에 할 거야
033 쉬었다 가기
034 감사해져
035 각오해

036 게

037 먹어 안 먹어

038 자신을 믿는 순간

039 지치는 날

040 괜찮아

042 힘들다고 해

043 문제없어

044 나아가고 있다는 것

046 할 일

047 개미들

048 풀벌레

050 잠이 오지 않아

052 안 잠

055 찜찜해

056 노래 한 곡에

057 덩실

058 대단하지 않은 날

059 작은 화분

060 모든 건 노력

062 선한 사람

064 청소와 샤워

066 힘내라는 말

068 돈과 시간

070 스쳐 가는 월급

072 뭐든 할 수 있어

074 사탕

076 걷고 싶어

078 백 퍼센트

080 컵케이크

083 감

084 괜찮은 게 아니야

088 길 찾기

089 매워

092 백조

094 사계절 졸음

097 싫어도 하는 게

100 소망과 목표

102 일어나

104 잊었던 특별함

106 추위와 더위

108 흘러가는 곳

109 낚시

03 ● 세상 어딘가에서 당신을 사랑하고 응원합니다

112 귀여워서 큰일
113 여전히 누군가는
114 사랑해줘서 고마워
116 터지는 사랑
118 겨울 간식
120 기념일과 이별
122 슬쩍
123 꽉 안아줘
124 꿈 여행
127 나누는 기쁨

130 마음을 볼 수 있다면
132 별똥별
134 빵빵해
137 스트레스
140 사랑 가게
142 통행료
144 행복을 마주하는 법
148 외칠 거야

151 작가 후기
157 보너스
163 특별 일러스트

01

안
녕,
나
는
익
명
이
야

세상 어딘가에서 누군가가 태어나면

꼭 닮은 익명이도 하나 생겨나거든.

그래서 익명 세상엔
그만큼 다양한 익명이들이 살아가고

그 어떤 익명이도
정답이 아니고 오답도 아니야.

그냥 자기 자신일 뿐이니까.

내 이름은 익명.

다들 알고 있는
바로 그 '익명'이야.

그런데 '익명'이라고 하면
어떤 느낌이 떠올라?

역시 수상하고
조금 부정적인 느낌일까…?

분명 익명성을 악이용해
누군가를 괴롭게 하는 일들이 참 많아.

절대로 좌시해서는 안 될
정말 나쁜 일들이지.

내가 생각하고
바라는 '익명'은 말이지…

'익명'이 모두가 함께 쓰는
하나의 이름처럼 여겨졌으면 좋겠어.

'익명'을 사용하는 모두가
자신의 그 이름에 책임감을 가지고

작더라도 하나씩 하나씩 선한
익명력들을 쌓아가다 보면

언젠가는 '익명'이란 단어가
당연한 듯 부정적이지 않을
그런 선한 세상이 될 거라고 믿어.

물론, 이건 너무
낙천적인 바람일지도 몰라.

이 세상은 너무 넓고
모두의 생각을 하나로 모으기는
참 어려운 일인걸.

그럼에도 이 세상에는
선하기 위해 여전히 노력하는
멋진 익명이들이 있으니까.

나도 포기하지 않고
계속 선한 행복을 나누려고 해.

'익명'이의 이름을 걸고서!

익멍이는 대부분 신나있어.

그건…
입을 보면 알 수 있지.

익명이들은 전부
기분이 입의 벌어진 정도와 비례하거든.

이런 느낌으로 말이야.

익냥이와 고명이를 구분하는 방법.

고명이는 목걸이를 걸어줄
목부분을 쉽게 찾을 수 있지만

익냥이는 도대체 어디가 목인지
모르겠다는 차이가 있지.

이런 느낌의 양자택일은 정말 곤란해.

차라리 어떤 점을 얼마나 좋아하는지
물어봐 준다면 좋을텐데.

사랑하는 누군가와 함께하는
시간들이 소중한 만큼

오롯이 가지는 나 혼자만의 시간도
정말 정말 소중해.

~머리가 간지러운 익명이~

다른 익명이의 도움을 받는다.

~다른 방법~

헤드 스핀   팔 늘리기

02

괜찮아, 잘하고 있어, 힘내

행복이란···
다크초코 프레첼이다.

지난 주까지는
마라탕이 었지.

단맛

당장 더 많은 단 맛이 필요해.

쓴 맛이라면 이미 충분한 걸.

6시에 할 거야

쉬었다 가기

쉬었다 가는 걸
너무 겁내지 마.

감사해져

지쳐 누워있자니 문득,

곁에 있는 모든 것들이
너무나 감사해져.

각오해

각오해…
어마무시하게
이뻐해버릴 거니까…

먹어 안 먹어

먹어? 안 먹어?

자신을 믿는 순간

누구보다 자신을 믿게 되는 순간.

지치는 날

지치는 날도 있는 거지…

괜찮아

너의 매일매일이 괜찮기를 바라지만

그렇지 않은
순간들마저

그래야만 할까 봐
걱정이 돼.

힘들다고 해

계속 삼키고 있지만 말고!!

확 뱉아 내 달란 말야!!

문제없어

괜찮아.
문제없어.

가끔 그냥 괜찮다고
누군가 말해줬으면 하는 그런 날.
그 누군가가 될 수 있었으면 좋겠어.

나아가고 있다는 것

까마득히 앞서가는
뒷모습들을 보며

너무 빨라...

힘이 빠지고 지치는 순간도
찾아오기 마련이지만

지금을 나아가고 있는

자신의 걸음도
꼭 기억해줬으면 좋겠어.

할 일

할 일이 없는 상태

할 일이 쌓인 상태

개미들

풀벌레

막연한 불안감과 걱정이
가득 밀려오는 밤에도

아름다운 것들은
여전해서 다행이야.

잠이 오지 않아

잠이 안 와.

커피를 많이
마신 것도 아니고,

오늘이 피곤하지
않았던 것도 아닌데.

아마 내일도 오늘 같을텐데…

…그게.

그게 아쉬운 거였나 봐.

안 잠

조금만 있으면
너를 보고 잘 수 있을 것 같아서…

어서 자!

눈부셔···

찝찝해

노래 한 곡에

평소같은 하루를 보내다가도

흥겨운 노래 한 곡에

기분 좋은 날이 되어버려.

덩실

대단하지 않은 날

오늘은 대단하지
않은 것들을 할 거야.

그럼 평소랑 별로
다를 것도 없잖아?

그런가… 그치만.

대단한 일을 해야만
좋은 날이 되는 건
아니니까.

마져, 마져.

작은 화분

그저 마음 한 켠에

작은 화분처럼 남도록 해 줘.

모든 건 노력

위로도 노력이고

칭찬도 노력이고

다정함도 노력이겠지.

어느 것 하나 당연한 것은 없구나.

선한 사람

요즘에는 착하면
손해 본다고들 하잖아.

하지만
나는 그래도…

그럼에도 그것을
선택한 사람들을
사랑할 수 밖에 없어.

그리고 그 모두가
자신의 선택이
후회되지 않는 세상이
되면 좋겠어.

청소와 샤워

생각이 많아질 땐

청소를 하거나

샤워를 하면 기분이 나아진다던데…

다 비워내고 씻어내라는 뜻일까?

힘 내라는 말이 사실은
위로가 되지 않는 순간도 있다는 걸 알지만

어떤 말이 네게 힘이 될까
어떤 말이 네 짐을 덜어 줄까 한참을 고민하다가

결국 오늘도 힘을 내라는 위로밖에
해주지 못하는 게 너무 속상해.

돈과 시간

시간이 있으면 시간으로 돈을 사고

돈이 있으면 돈으로 시간을 사면 될텐데

무언가를 사기 위해서는

역시 오늘도 열심히 사는 수밖에 없구나.

스쳐 가는 월급

힐끗…

아직도
멀었구나…

뭐든 할 수 있어

똑같이 그저 말랑한 제가 해낸 것을 보며
모두가 자신도 할 수 있다고 생각하길 바랍니다.

-최초의 우주비행사 익명이의 인터뷰 중-

사탕

까득- 까득- 까드득-

몇 분 뒤…

와~

네 것두
싸왔어.

뻥 뻥

왠지 걷고 싶은 기분이야.
운동을 하고 싶은 건 아니구…

춥지도, 덥지도 않은 선선한 날씨에
꽃이 만발한 풀길을 하염없이 걷고싶어.

낯선 골목길 사이사이를 걸으며
몰랐던 예쁜 가게를 발견하고 싶어.

산책을 나온 행복한 강아지들의 곁을
함께 걸으면서 행복함에 물들고 싶어.

백 퍼센트

오늘 생각했던 만큼
할 일을 다하지 못했어…

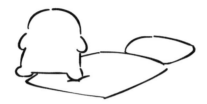

그치만 오늘
나는 내 힘의
20%밖에 쓰지 않았지.

내일의 내가
100%로 해버리면
오늘 것도
단숨에 끝날 거라구.

그리고 내일도 그런 일은 없었다.

컵케이크

내가 다
먹을 수 있을까?

낭기면 어떡하지?

낭기면 너무
아까운데...

맛있어?

그럼 됐다, 그치?

행복하다면 우선 즐기자!
걱정이 행복의 맛을 가리지 않도록.

감

내일은 또 어떤 감을 사게 될까?

괜찮은 게 아니야

-시간이 지난 어느 날-

아니, 익숙해지지마. 괜찮은게 아니야.

난 열개, 스무개… 계속 늘어 날거고 네가 익숙해질수없이 짓눌리는순간이올거야.

그러면 그땐 너가 익숙해지지 못한 스스로를 탓하게될걸.

날 혼자 견디지마. 네 몫이 아니었던일로 자신을 미워하게되는건 너무 슬픈 일이잖아.

길 찾기

누가 좀 가르쳐 줬으면 좋겠어.

매워

아무것도 아냐.
그냥... 매워서 그래.

. . .

후다닥

자,
이리와.

괜찮아.
매우면 어쩔수 없는거야...

백조

걱정할 필요 없었어.

사계절 졸음

봄에는 춘곤증에 졸리고…

여름에는 더워서 졸리고…

가을에는 선선해서 졸리고…

겨울에는 겨울잠 오듯 졸리고…

꿈이 많은 거라고 해줄래?

싫어도 하는 게

하기 너무너무 귀찮고 싫은 일들이 쌓였을 때.

마냥 외면하기 보다는
싫어하면서도 조금씩 해나가는 게

휠씬 더 편하다는 것을
분명 머리로는 알고 있는데 말이지…

소망과 목표

가만히 바라보고 있을 때는
소망이었던 것이

한발짝 다가서기 시작한 순간
목표로 바뀌게 되지.

소망일 뿐일 때와 달리
실패라는 두려움도 생기지만

달성하는 기쁨 또한
목표가 누릴 수 있는 특권일 거야.

일어나

매일 똑같은 일

매번 똑같은 과정이라고 생각해서

무심코 잊고 지냈지 뭐야.

너 좀더
고소하겠구나.

저마다 가지고 있는 특별함을.

여름에는 이 추위가 정말 생각나는데…

겨울에는 이 더위가 정말 생각나는데…

추울 때는 여름에 남겨둔
더위를 꺼내서 쓰고

더울 때는 겨울에 남겨둔
추위를 꺼내서 쓰고 싶어.

아깝잖아, 그치.

흘러가는 곳

나는 어디까지 흘러가는 걸까?

어디로 가는지도 모르고 떠다니다가
아무 것도 모르는 곳에 도착해버리면 어떡하지?

아냐, 설마 나 하나 있을 곳이 없겠어.
나는 이렇게나 작은데.

낙시

기다릴 틈도 없게 해주겠어…

03

세상 어딘가에서 당신을 사랑하고 응원합니다

큰일이야!
가만히 있어도
너무 귀여워!

누가 날
미워하게 될까봐
무섭고 걱정 돼.

그 순간에도
누군가는
널 사랑하고 있을 거야.

더 가지고 싶은거 없어?

옆에 있어줘.

사랑해줘서 고마워.

응...

요즘 고민이
하나 있어.

뭔데?

너를 좋아하는 마음이
매일 점점 커지고 있어서

조만간 펑 하고 터져버리면 어떡하지?

무섭다 무서워~

진정해…

진정한 겨울이란
붕어빵과 함께 시작되는 거야.

진정한 겨울이란
붕어빵과 호빵과 함께 시작…

앗…

크리스마스 같은 날은
한참 전부터 들떠서
준비하곤 하잖아?

그치만 그 날이
지나고 나면 순식간에
다 정리되는 것 같아.

왜 그렇게
서두르는 걸까?

이별한 흔적을
계속 마주하는 건 너무
슬프고 힘들어서가 아닐까?

슬쩍

있잖아…

이거… 받아줘.

있잖아
나를 꽉 안아줄래?

(수⋯ 숨 막혀⋯)

요즘은 여행 가기도
힘든 시기지만

예쁜 바다가
있는 곳으로
가고싶어.

두근
두근...

꿈속이라면 어디든
갈 수 있지!

이건 늪이잖아…
악어도 있다구!

여긴 물 한방울 없는
사막이잖아…

이건 바다가 아니라
불바다잖아…!

정말 어디든 갈 수 있지만
그 장소가 랜덤이구나…

내가 가진 게 많지 않아서
더 악착같이 끌어안고 있었어.

그럼에도 여전히 불합리할 정도로
작고 부족한 것처럼 느껴졌지.

정말로 우연히도
별다른 대단한 이유도 없이

내가 나눈 작은 일부가
누군가에게 큰 기쁨이 되는 것을 보았어.

여전히 비슷하네...

내가 가진 것은 그 전과
크게 다르지 않았지만

나는 그 어느 때보다
풍족해진 기분을 느꼈던 것 같아.

문득 떠오른 이상한 궁금증.

누군가를 사랑하는 마음을
눈으로 볼 수 있다면

그리고 그 마음을

바깥으로 꺼낸다면

그 마음은 둥둥 떠오르게 될까?

아니면 너무 무거워서
바닥에 곤두박질 칠까?

별똥별

앗!
별똥별이다!

사라지기 전에
얼른 소원을 빌어야지!

갓 구워낸 파삭하고 따끈쫀득한 크루아상…
너무너무 맛있어.

고소한 스콘은 그냥 우유랑 먹어도
먹기 좋게 쪼개서 잼과 크림을 발라 밀크티와 함께 먹어도
너무너무 맛있어.

손으로 죽죽 뜯어먹는 통식빵은 자른 식빵과는 또 다른 매력이지.
쫄깃한 겉부분과 촉촉하고 부드러운 그 속의 빵은 정말이지…
너무너무 맛있어.

달콤하고 꾸덕꾸덕한 브라우니에
부드러운 생크림이나 아이스크림을 얹어 먹는 거야.
너무너무 맛있어.

그러다 보면
금세 행복으로 빵빵해져 버리지 뭐야.

스트레스를 왕창 받은 날엔

평소라면 사지 않을 것에도
마구 돈을 써버린다던가

평소라면 먹지 않는 음식을
마구 먹어치운다던가 해.

그러다보면 참 허무해지지.

정작 원하는 것과
채우고 싶은 건 따로 있는데…

통행료

손쉽게 클리어.

슬프고 힘들 때에
마음을 추스르는 법은 제법 알고 있지만

슬픔에 익숙해졌을 때는
행복을 느껴도 어떻게 행복해야할지
모르는 순간도 생기곤 해.

슬플 때 힘이 되어준 누군가와
행복도 함께 나누어 보는 건 어때?

누군가에게 감정을 말하기 쑥스럽다면
일기장에 행복한 기분을
손이 가는대로 적어봐도 좋을 거야.

기념일이나 특별한 날이 아니라도
사고 싶었던 것을 산다거나

꽃이나 맛있는 음식으로
특별하게 행복을 기념하는 것도
좋을 거야.

원래 행복한 일보다 힘든 일이
더 선명하게 기억되기 쉬우니까.

너에게 행복이 슬픔보다도
더 자연스럽고, 중요해졌으면 해.

온 세상이 다 알도록 외칠거야!

아니, 온 우주가 다 알 때까지!

작가 후기

안녕하세요, 익명이를 그리는 라부입니다!

가장 먼저 책을 읽어주신 모든 분들께 정말로 감사하다는 말씀을 드리고 싶어요. 그저 이 책을 읽는 동안만이라도 마음이 편하셨다면 가장 기쁠거예요.

이렇게 익명이와 함께 책을 낼 수 있게 될 줄은 꿈에도 몰랐어요. 익명이를 그리게 된 이후부터 언제나 생각지도 못한 일들을 하게 되는 것 같네요. 야금야금 그렸던 그림들이 이렇게 책으로 나오다니. 부족한 점이 참 많은 책이지만, 제게는 정말 의미있는 한 권이에요. 언제나 당신을 사랑하고, 응원하고, 위로하고파 하는. 타인이자 곧 자신인 세상의 그 누군가. 제가 생각하는 가장 '익명이'다운 그런 이야기를 전해드리고 싶었답니다.

익명이의 시작은 웹사이트의 익명 게시판이었어요. 저는 원래 쑥스러움이 많고 낯도 많이 가려요. 그렇지만 하고 싶은 말은 많았죠. 딱히 대단한 것을 하려던 것은 아니에요. 그저 제 게시글에 들러준 사람들에게 사랑한다, 좋아한다고 말해주는 작은 공간을 만들고 싶었어요. 세상 어딘가에 나를 사랑해주는 누군가가 있다는 것은 작지만 큰 위로가 되니까요. 하지만 익명 게시판임에도 직접적으로 말을 하는 것은 조금 쑥스러웠어요. 저를 대신해 말을 전해주고, 또 대신 말을 들어줄 아이가 필요했죠.

그렇게 고민하다 만들게 된 것이 바로 '익명이'에요. 누군가를 특정할 필요 없이, 그 곳에 있는건 저를 포함해 모두 똑같은 익명의 누군가 였으니까요. 시간이 지나면서 그 곳에는 여러 익명이들이 모여들었어요. 그곳은 저 뿐만 아니라 모인 사람들 모두가 서로를 응원하고 위로하는 공간이 되었죠. 응원을 하기위해 시작했던 것이었는데도 도리어 제가 더 많은 위로와 힘을 얻었답니다. 게시글 활동을 그만두고 SNS 활동을 하게 된지도 벌써 몇 년이 지났지만, 제게 있어 가장 '익명이'답다는 것은 처음부터 지금까지 항상 같은 의미예요. 앞으로도 익명이가 누군가에게 조금이나마 힘이 되고, 위로가 되었으면 좋겠어요. 그리고 그것이 저에게 늘 커다란 위로가 되고, 계속 나아갈 수 있는 원동력이 될 거예요.

이번 책 안에는 스스로 느꼈던 것들, 누군가에게 전하고 싶은 이야기, 익명이에 관한 짧고 소소한 이야기들을 차곡차곡 담아보았어요. 익명이의 SNS를 보시는 분들이라면 이 책에는 기존에 업로드한 그림들 말고도 새로운 이야기가 많이 있다는 것을 알아채셨을지도 모르겠네요. 기왕 구매하는 책인데, 새로운 것들이 가득해야 더 설레지 않을까? 하는 생각으로 작업하다보니 생각보다 작업기간이 길어졌어요. 조금 긴 시간을 두고 작업을 하다보니 익명이들의 생김새가 페이지마다 조금 들쭉날쭉하더라도 모쪼록 예쁘게 봐주셨으면 좋겠어요.

　길다면 길고, 짧다면 짧은 원고작업 기간동안 걱정도 참 많이 했어요. 좀 더 좋은 책을 드리고 싶은데 이 책은 부족하지 않을까? 혹시나 누군가에게 상처가 될 만한 표현을 적지는 않았을까? 이 내용이 누군가에게 위로가 될 수 있을까? 그렇게 고민 할 때마다 주변에서 많은 응원과 위로를 해주셨어요. 소중한 우리 가족들, 사랑하는 친구들, 언제나 고마운 우리 직원님과 늘 도움주시는 아이티프렌즈 분들. 그리고 오늘도 그림을 그릴 수 있도록 힘을 주시는 수많은 익명이들에게 정말로 감사하다고 말씀드리고 싶어요. 이런 소중한 마음들을 가득 안고 앞으로도 익명이와 여러 이야기들을 그려나가려고 해요. 모쪼록 앞으로도 잘 부탁드립니다!

보너스

익냥이

둥글둥글한 고양이 형 익명.
얌전하고 여유로우며 푹신푹신한 곳을 좋아한다.

익멍이

접힌 귀에 몽실한 꼬리의 강아지 형 익명.
활동적이고 외향적이며 보통 하루종일 신나있다.

햄명이

작고 동그란 콩주머니같은 햄스터 형 익명.
자기 주장이 확실하고 씩씩하며 감정에 솔직하다.

익늉이

긴 꼬리가 매력포인트! 파충류 형 익명.
느긋하고 한가로우며 느릿느릿하게 움직인다.
누군가의 위에 올라가 있는 것을 특히 좋아한다.

고명이

좀 더 고양이에 가깝게 생긴 고양이 형 익명.
애교도, 정도 많은 사랑 넘치는 성격.
성격만 보면 익냥이보다도 익명이와 비슷한 편.

누구나 그릴 수 있다
익명이 그리는 법

첫 번째.
둥글 넙적한 동산을 그린다.

두 번째.
양 옆으로 짧고 동그란 두 팔!

네 번째.
팔처럼 짧고 동그란 두 발!

세 번째.
얼굴보다도 빵실빵실하게
옆구리를 그린다.

다섯 번째.
두 발 사이를 평평하게 이어주자.

마지막으로
콩알 눈과 입, 분홍 뺨을 그려주면
익명이가 짜자잔~

♥ 보너스 Tip

눈 모양이 타원형이 되거나 너무 크고 작아지면
익명이가 아닌 것처럼 보일 수 있다.

얼굴과 뺨은 더욱 위로!
이목구비가 보통
윗 쪽에 쏠려있는 편.

입의 가로길이는
눈 사이의 거리보단
짧은 것이 안정적.

정원형에서 아주 조금씩만 찌그러트리거나
기울이면 다른 표정처럼 보일 수 있다.
(아주 미묘한 차이긴 하지만.)

배 보다 엉덩이가
조금 더 볼록하다.

가끔 편의 상
손가락을 그릴 때가 있다.

(다소 기묘한 일인지라
부정하는 사람들도 있다.)

몸을 기울이면 기울인 쪽의
옆구리가 조금 더 볼록해진다.

하지만 저도 그릴 때마다
길어지고 짧아지고
살찌고 빠지는 등 자꾸
달라지니 편하게 그려주세요.

똑같이 그린다고 생각했는데
지나고 나서 다시보면 아니더라구요.

특별 일러스트

흠여…

찰칵

찰칵

찰칵

단 몇 줄의 위로와 응원 글만으로
쉽게 행복해지기는 아마 힘들겠지.

하지만 적어도
이 책을 읽는 동안에는
행복했으면 좋겠어.

나는 네가 정말로 행복해진다면 좋겠어.
단지 그뿐이야.

안녕, 나는 익명이고 너를 좋아해

초판 1쇄 ǀ 2021년 3월 31일
초판 15쇄 ǀ 2022년 12월 20일

지은이 익명이·라부
펴낸이 서인석 ǀ **펴낸곳** 제우미디어 ǀ **출판등록** 제 3-429호
등록일자 1992년 8월 17일 ǀ **주소** 서울시 마포구 독막로 76-1 한주빌딩 5층
전화 02-3142-6845 ǀ **팩스** 02-3142-0075 ǀ **홈페이지** www.jeumedia.com

ISBN 978-89-5952-990-2

★파본은 구입하신 서점에서 교환해 드립니다.

제우미디어 트위터 twitter.com/jeumedia
제우미디어 페이스북 facebook.com/jeumedia

도움 주신 분들
아이티프렌즈

만든 사람들
출판사업부 총괄 손대현 ǀ **편집장** 전태준
책임편집 서민성 ǀ **기획** 홍지영, 박건우, 안재욱, 양서경
디자인 총괄 디자인그룹 헌드레드 ǀ **제작, 영업** 김금남, 김용훈, 권혁진